周永文诗选

给宇宙留个地址

周永文 著

春风文艺出版社
·沈阳·

图书在版编目（CIP）数据

给宇宙留个地址／周永文著. --沈阳：春风文艺出版社，2025.1. --ISBN 978-7-5313-6851-9

Ⅰ．I227

中国国家版本馆 CIP 数据核字第 2024LF2750 号

春风文艺出版社出版发行

沈阳市和平区十一纬路 25 号　　邮编：110003

四川科德彩色数码科技有限公司印刷

责任编辑：平青立	责任校对：陈　杰
装帧设计：书香力扬	幅面尺寸：145mm×210mm
字　　数：158 千字	印　　张：6.75
版　　次：2025 年 1 月第 1 版	印　　次：2025 年 1 月第 1 次
书　　号：ISBN 978-7-5313-6851-9	定　　价：58.00 元

版权专有　侵权必究　举报电话：024-23284292

如有质量问题，请拨打电话：024-23284384

诗歌的势能呈现与释放意义

——序周永文诗集《给宇宙留个地址》

季 川

诗人周永文一直很勤奋，尤其是近两年，在工作繁忙之余，依然笔耕不辍，且硕果累累。在快节奏的现实世界中，如何在诗歌中寻找或者获得内心安宁、思想洁净的触发点、共鸣处，显得尤其重要。如何用精神世界里的领悟来抵消生活里的困顿、不解及烦恼，也是每个诗人应该在日常书写中对每一句诗，每一个文字的最大赋能的自觉与警醒。

周永文老师的诗歌文本可以使你深深地感觉到，他从心心念念的故乡走出来，又在汩汩流淌的笔下无数次走回去，身体与心灵的双重映照，使得我们可以清晰地看见他对故乡的情感铺陈自然而然，顺理成章。在流逝的青春里，我们甚至可以在不经意之间，就能与他那些时空里绽放的芬芳的花朵及灵魂里耀眼的光芒相遇。

芸芸众生，诗人徜徉其中。诗人食人间烟火，又必须具有超然物外的本领,可诗人毕竟不是神仙,诗人必须在所有诗行的架构中,找到自己的坐标。这不是一般的地理元素所指的目标方向,而是指诗人的语言个性和思想高度。很显然,诗人周永文在经过人生的历练与酸甜苦辣以后,已经逐渐形成了自己的叙述风格与思考模式。不妨,我们来分享一二。

《路遥故居》:

我在《平凡的世界》里/读过你住过的窑洞/读过你旧居后山上的/酸枣刺//读过你《人生》的南瓜花/和你现在院子里的南瓜花一样/用哑语喊痛娘的名字/用一层层向上的触须/抚摸你娘手中的鞋底//读过你《早晨从中午开始》/一个丢掉晨曦的中年汉子/戴着眼镜过早地/被雕塑成一尊肖像/以一块大理石的姿态/活在黄土地的记忆里

诗人截取的关于已故作家路遥的几个片段,充满回忆与泪水。在诗人平静叙述的背后,隐藏着一个诗人对一个作家的尊敬与爱戴。其中的窑洞、酸枣刺、南瓜花等意象,朴素而又真诚,明亮而又忧伤。"一个丢掉晨曦的中年汉子/戴着眼镜过早地/被雕塑成一尊肖像/以一块大理石的姿态/活在黄土地的记忆里",诗人在结尾的感叹,雕塑般的诗意镌刻,令人难忘且唏嘘。

《清明是一道算式》：

　　这一天雨水微妙/泪水断肠/人性应有的光芒/将得到雷声的点化/信念的鞭子一直指向/杏雨村外的通天之途//这一天形影脆弱/江湖匆匆/几枝竹外桃花/摇醒春江水暖的鸭群/去为孝心解冻//这一天擦亮亲人墓碑的/只有眼眶这两口深井

　　无论何时何地，故乡与亲情，都是诗人永恒的创作元素与情愫，在诗人下意识的笔触中，故乡的轮廓与肌理，就会非常清晰地浮现在眼前。诗人这首写清明的，肯定是故乡的一个侧影，也是诗人对清明意义的解读与延伸，在个性的作用下，诗人将共性的感恩与铭记慢慢挖出。不信，你看"这一天擦亮亲人墓碑的/只有眼眶这两口深井"，结尾的眼眶，其实就是泪水的圩堤与闸口，一旦打开，就是"泪飞顿作倾盆雨"，此时此刻，你不得不折服于诗人的用情与用意。

《郝茂军素描》：

　　摆下桃花酒/他便拦下我们这群/在春天赶路的人/他说不喝他酿的桃花酒/诗人们的浮华和虚伪/会让小青山的十万亩桃花/脸红//摆下桃花宴/他便用十里春风开门/他说他桃林里的大白鹅/是春天安装的小零件/他说那些桃花脸上的露水/一听到诗人提起海子/眼里便流出春暖花开的盐//摆下桃花阵/他便用输液的方式/把桃花交给文字/把桃花头顶上的星星/招募成意念的天兵/每天都坐拥十万亩/指点江山的憧憬

这首写诗人诗友的佳作,非常形象生动,妙趣横生。诗人爱春风十里,也爱桃花美酒。爱桃花,爱桃花脸上的露水,爱桃花头顶的星星,每一次热爱无不充满浪漫主义的豪情与憧憬。有激情澎湃,也有诗意盎然。所有的场景与陈述,都是友谊之树与诗歌之花的衬托与陪伴,如此,甚好。

《霸王别姬》:

好歌是嗓子提炼的乡音/是破釜沉舟的伏笔/是瀑布修剪的绝句/是忘掉歌词时丢在楚河汉界/找不到江东的八千子弟//好歌是屠洪刚的小性子/让滴在剑上的血/告诉四面楚歌的故乡/远嫁他乡的虞姬/至今水土不服

众所周知,歌手屠洪刚演唱的这首经典之歌,大家耳熟能详。从一首歌曲出发,走进一段喋血的历史典故,也许是诗人的匠心独运与兴之所至吧,诗人采取抽丝剥茧的方式,直接切入历史的某个痛点,将那些悲怆与惨烈,将那些大风与爱情,采取剪影式展现,让大片的沉思与留白跃然纸上,读来令人动容。

《写写爱情》:

能掏出肺腑的人/心都是一根晾衣绳/经得住四季风雨的揉搓晾晒/扛得起锅碗瓢盆的跳崖蹦极/把积攒一生的柔韧/留给阳光,留给憧憬/留给我孤独的文字/干干净净的抒情//知趣,知冷,知音/明智，明心，明理/知道黄昏的矮小/是在给星光让路/知道爱情只做减法/所有的幻象/都是多余……

诗人写的爱情，也是别出心裁。起笔就令人惊讶。"能掏出肺腑的人/心都是一根晾衣绳/经得住四季风雨的揉搓晾晒/扛得起锅碗瓢盆的跳崖蹦极"，这里的一根晾衣绳，是我们非常熟悉的事物，非常接地气，但是诗人能够将自己的发散性思维，于无声之中，很好地嫁接到哲学思考之上，是难能可贵的。

诗人另辟蹊径，避开卿卿我我的直白描述，实属高明之举。诗人对语言陌生化与意境出奇的探索，应该都是我们不懈追求的目标。

结语：

通览周永文老师的诗作，你会惊叹于他对语言叙说的节奏把控与情绪节制。他抓住的那些灵感瞬间，亦真亦幻，令人遐想无限。每首作品的谋篇布局，巧妙又机智，往往在意料之外，却又似乎在意料之中。这可能是一个成熟诗人胸有成竹之所在。其他诸如《高新之光》《我是多么的富足哇，祖国》《故乡》《草头方》《陶罐》《诗人小镇》《刘唢呐》等作品有广度与宽度，还有表现力与细节刻画，有日常生活，有家国情怀，有履痕处处。这些作品在虚实结合、情理交融、哲思沉淀等方面，也是值得我们细细品味，慢慢回想的。

在众多事物的外壳剥离与精神内核凸显之时，我们总能发现,周永文老师的诗歌作品经常反映鲜活的时代生活。没错,一个真正意义上的诗人,是应该有所担当有所作为的。世界在飞速发展,社会在不断进步,诗人的作品也应该紧跟时代的步伐,与时代的呼吸同声同气,与时代的脉搏共振共融,如此,周永文老师的作品,值得我们学习与借鉴。

是为序。

2023 年 9 月 16 日

序言作者简介:季川,男,1968 年 5 月 1 日出生于四川江油,现居江苏南京。写诗兼评,偶及散文、散文诗。作品散见于《诗刊》《星星诗刊》等。系中国诗歌学会会员,中国散文诗学会会员,中国散文学会会员,江苏省作协会员。著有《季川诗选》。诗歌评论入围第六届《诗探索》"中国诗歌发现奖"。

目录
CONTENTS
给宇宙留个地址

第一辑　高新之光

高新之光（歌词）	002
我是多么的富足哇，祖国	003
北　斗	005
中国红	006
登狼牙山	008
贺兰夜哨	010
贺兰岩	012
为孙女讲述《鸡毛信》	013
南泥湾	015
延安保育院	017
路遥故居	019
看见刺刀	020
新盛街	022

我的妻	026
好书当枕	028
六月一日，为孙女讲述圆明园	029
故　乡	030
父亲的救心丸	031
父亲节	032
我与父亲	033
奖　状	034
建兴上河村	035
南京，南京	036
好　梦	037
乡　愁	038
想起父亲	039
当我老了	041
带孙女踏青	042
大　寒	043
大地母亲	044
草头方	045
内心涌动的粉红	046

第二辑　故乡亲情

| 为孙女讲解耕耘 | 048 |
| 清明是一道算式 | 049 |

想起父亲	050
父亲说	051
黄　昏	052
苦　水	053
乡　音	054
鲜花与蛋糕	055
陪　读	056
母亲的隐身术	058
泪水的温度	060
今年的春联	061
家风家训	062
火柴盒	063
黄　连	064
遗　产	065
天堂没有快递	066
给宇宙留个地址	067
月亮的缺口叫镰刀	069
玉米须	070
虚　岁	071
活成一棵树	072
想起母亲	073
修　行	074
槐花馅饺子	075
向一盆崖柏道歉	076

悟	077
词牌里的故乡	078
道生碱店	079
虚　构	084
最后的村庄	085
家　规	086
扬州的瘦	087
面对雕像	088
看见斗笠	089
春天的荒草	091
清明贴	093
公祭日	094
环　境	095
祖　祠	096
写写江南	097
三月八日，我的生日	098
老　了	100
用方言造句	101
故乡的菌子	102
颜　值	103
桃花扇	104
软兜长鱼	105
烟　花	106

第三辑　青春无悔

人生如陀螺　　　　　　　　　|　108

跛　爷　　　　　　　　　　　|　109

底　线　　　　　　　　　　　|　111

采　撷　　　　　　　　　　　|　112

所　有　　　　　　　　　　　|　113

坐　标　　　　　　　　　　　|　114

如　果　　　　　　　　　　　|　115

茅草，茅草　　　　　　　　　|　116

听蝉居文脉　　　　　　　　　|　117

掩　体　　　　　　　　　　　|　118

老　伍　　　　　　　　　　　|　119

解释地位　　　　　　　　　　|　120

江　南　　　　　　　　　　　|　121

铠　甲　　　　　　　　　　　|　122

国泰民安　　　　　　　　　　|　123

钢琴独奏《梁祝》　　　　　　|　124

我的祖国　　　　　　　　　　|　125

想起捡破烂的母亲　　　　　　|　126

红领巾　　　　　　　　　　　|　128

故　乡　　　　　　　　　　　|　129

暖　色　　　　　　　　　　　|　130

在老家下棋　　　　　　　　　|　131

假 哭	132
雪 莲	133
最后的柿子	134
谜 语	135
泸定桥	136
张兽医	137
闪电的证词	138
感恩石头	139
老家的墙	140
葫芦的记忆	141
橘 颂	142
父亲与酒	144
长 征	146
带孙女踏雪	148
旅行者一号	149
带米字旁的字	150
新龟兔赛跑	151
盲 道	152
阅 读	153
生 命	154
青春无悔	155
母亲节	156
虚 掩	157

第四辑　生命哲思

郝茂军素描　｜　160

阅读的富裕　｜　162

谢陈允平先生赠印　｜　163

听秦腔《劈山救母》　｜　164

花朵是唐诗里的女子　｜　165

华阴老腔　｜　166

霸王别姬　｜　167

高考季　｜　168

读书是走进一朵荷花的内心　｜　169

篱笆墙的影子　｜　170

善　果　｜　171

用什么留住叛逆的春风　｜　172

中元节　｜　173

瓜　蒌　｜　174

钓友汪三　｜　175

唱诗班的孩子　｜　176

辩　证　｜　177

陶　罐　｜　178

屈　子　｜　179

马　灯　｜　180

露水知道韭菜的苦　｜　181

哭　｜　182

写　作	183
诗人小镇	185
有些石头	186
填写履历	187
兔年寄语	188
万山红遍	190
戏说皮影	191
刘唢呐	192
小　满	193
鹰	194
写写爱情	195

第一辑　高新之光

高新之光（歌词）

运河明珠，高新之光
十年磨剑，使命担当
六大产业，政策惠商
创新引领，走向辉煌
一座西楚大地上的丰碑
一曲气势宏伟的交响……

北斗星通，光伏秀强
楚霸体育，金鑫南钢
正大食品，江苏华亮
景宏新材，惠然晨光
这里是创业筑梦的热土
这里有青春怒放的华章

我是多么的富足哇,祖国

我是多么的富足哇,祖国
一万册的藏书摆在书柜里
像一队队等候检阅的士兵
每天都在我灵感的星空列队升旗

一万册藏书,约等于
一万公里的崇山峻岭
约等于一万米长卷的笔耕墨耘
一寸一寸延展,幻想也有开花的奇迹
把青春朗读成一面面镜子
每天让我的笔尖沙沙作响
让我的灵感永不歇息
让我的俩宝贝孙女的每一个笑脸
都能分享到阅读的甜蜜和书写的快意

一万册藏书也让我
每天都用阅读和思考去审视
世界观的庞大命题
去融化内心的终年积雪

去终止灵魂的孤独狭隘
因为我深深地知道
只有仰望星空的民族
才会拥有震撼世界的购买力

我是多么的富足哇，祖国
我的青春曾镇守边关
我的孙女在书香家庭
读书才有思想，做人才有品质
我的家风家训让我有着
带领全家走上央视论坛的魅力
一万册藏书就是
一万棵苹果树青涩的花期
那些小若微尘的期待
堆起来就是一座座山
绝不允许我追名逐利留下败笔
即使有一天我倒下了
我庆幸我留下的文字
还在为我的祖国站岗放哨沙场点兵

北　斗

一次次围追堵截
一次次炮火追击
天地倾斜时
死亡越来越近
那就抬起头吧
只要拳头攥紧
总能找到那颗星星

一次次走投无路
一次次奄奄一息
危难临空时
仰望星空寻找灵魂的希冀
只要信念不灭
总能找到信仰的引力

中国红

最初只有一点点
闪烁在粗布八角帽上
所到之处
都被草鞋留下脚印
让炮火硝烟中黎庶涂炭的家园
第一次有了色彩的温度

而后红变成了复印机
让红缨枪、红米饭、红五星
无限量地复制、渲染、救赎
穿过白色恐怖的缝隙
红出一部部典籍和史诗

因此红是最适合中国的颜色
它让黑暗交出时间
让拳头握出誓言强大的磁场
让陕北有了信仰的包浆
让挂在窑洞口的每一串红辣椒

都红成中国革命的账册

所以红是最优秀的化妆师
它可以改变山河

登狼牙山

站在山顶
高呼五壮士的名字
天就在不远的前方
展示一片高洁
仰慕耸入云端
霞光是纯天然的画笔
随意雕刻
冲锋的号角
嘹亮生命的旅程

太阳落山时
暮鸟思念迁徙
几个放牛的孩子
闪烁在花朵和歌谣之中
灵感收藏憧憬
这是应该写诗的日子
站在山顶,生命是美丽的
世界是公正的
不管是什么时间

不管在什么地方
只要生命是一朵向上的花
就能留住穿梭的蜂蝶
就能留住信仰的脚步
就能留住仰望的目光

贺兰夜哨

海娃和鸡毛信一起走远
山顶，消息树在风中结满果子
缩起后臀做最后的仰望
感觉如潮
勃勃生机于无声之处起搏星宇

远处裸露藏羚羊的骷髅
夏天我常去那个地方
铁丝网缕缕过滤时间
口令自山谷滚动
紧张是一种情绪
山口月盈
目光剪碎所有的阴影

想起新兵的夏天
步枪里瞄出辽阔的风景
掩体里饥饿流浪
捧一把漠土纷扬

塞北呀

我是你二十岁的堡垒

我是你雄姿勃勃的士兵

贺兰岩

以军人的五指并拢
我向大山致敬
大山有温厚而热烈的内涵
在我二十岁的风景里
包装我橄榄色的青春
作为军人
真正的含义是像这大山一样
在简朴单调的线条里
闪烁最动人的思想
我深深地怀念大山
怀念山上每一棵小草
怀念白桦林中简朴的哨所
怀念哨所里我的立正
和紧握钢枪时
大山一样雄壮威武的姿势
这一切都是十年前的事了
现在我怀念大山
在我怀念大山时
故乡的云
总在阴雨的思绪中流向北方

为孙女讲述《鸡毛信》

很难想象
一个乡村放羊娃
在鬼子的炮楼和铁丝网之间
玩起了猫捉老鼠游戏

刺刀和子弹
没有游戏规则
机智和勇敢是唯一的掩体
三根鸡毛插在信封上
每一分每一秒
都是十万火急

山上的消息树知道
鸡毛信里的秘密
提前倒在山顶
奔跑的头羊知道
鸡毛信里的秘密
用坚硬的羊角与鬼子生死对立
以命换命

机智的海娃知道
鸡毛信里的秘密
把信藏在头羊的尾巴里
在翻山越岭的算计中
斗智斗勇
最终把鬼子带进了
八路军的炮火里

南泥湾

每一朵南瓜花都有名可唤
每一捧稻谷香都有迹可循
每一把镢头铁锹
都与手上的老茧
有过过命的交情
干就对了
黄土地从来不相信花言巧语

三五九旅的将士们就是这样
打着绑腿急行军
在被炮火围追堵截的饥饿里
在中国革命无止无休的告别后
终于在南泥湾
拿起镢头挥汗如雨
用手上的血泡和一层层老茧
完成了信仰与粮食的交易

高原土薄,每一捧高粱小米
都让手中的镢把断过三截

轰轰烈烈的大生产运动
让将士们一边开荒种地
一边劳动学习
内心涌动的光芒
常常席地而坐
把地上的每一截树枝
都当作笔

延安保育院

马背上长大的孩子
习惯把枪炮声
当作下课的铃声

在马背上匍匐
箩筐就是课桌
保育院的阿姨们
把一碗碗小米粥
熬出鸡蛋羹的美味
让虎头虎脑的笑脸
在一排排山丹丹的花海里
看图识字
每一声牙牙学语
都是花开的声音

保育院没有院子
马队就是一道道墙
大一点的孩子骑在墙上

在摇摇晃晃的生字里
一不小心就温暖地写错了
妈妈的名字

路遥故居

我在《平凡的世界》里
读过你住过的窑洞
读过你旧居后山上的
酸枣刺

读过你《人生》的南瓜花
和你现在院子里的南瓜花一样
用哑语喊痛娘的名字
用一层层向上的触须
抚摸你娘手中的鞋底

读过你《早晨从中午开始》
一个丢掉晨曦的中年汉子
戴着眼镜过早地
被雕塑成一尊肖像
以一块大理石的姿态
活在黄土地的记忆里

看见刺刀

看过刺刀的人很多
但大多是在电影电视上
最后的冬天炮火撕破黎明
曳光弹犁铧般翻耕战壕
打着绑腿的士兵严阵以待
用刺刀在焦土上刻写年轻的碑文
在震天撼地的炮火里
刺刀倾向于沉默
倾向于通红的双眼坚韧的牙齿
倾向于真理的追问
它用浩荡之气
让阳光和正义灿烂

突地杀声四起
血肉炸成浮土
仇恨与刺刀肉搏
一种怎样的誓言和力量
让牙齿咬出一道道血瀑
让回旋的血流迸射出霹雳雷霆

在刺刀白刃闪闪的胸口
江河澎湃
那殷红的血色与民族的基因相同
被称作旗……

看见刺刀是在淮海战役纪念馆里
清明小雨霏霏
世界正当年轻
孩子们手持鲜花站在那里
列队抚摸壮烈的伤口
讲解员声情并茂如泣如诉
我蓦地想到有一天
我写诗的手会再次端起刺刀
正步走到曾经扬鞭驰骋的贺兰山下
面对大理石不朽的光芒
每一个热血男儿都必须为
灵魂的开拔做坚韧的表达
一腔热血纵身弹雨
将生命放飞给青铜的祖国
诗的祖国

新盛街

许多老房子加上了备注
但游客依旧寥落
几个孩子抚摸着冰凉的雕塑
走进陆八爷的独门小院
看见三二枝桃花别出心裁
翻过马头墙，吵醒北关小店门口
皮四爷春困的呼噜

再往南去，阳光恰到好处
鸟鸣总是先我一步
抢光叶家茶馆的稀粥
这里无论刮风，还是下雨
总会排满病痛和呻吟
咬牙切齿的病人
只要看到陆八手中晃动的银针
病就好了一半

陆八诊所的前院
是蔡家刻字店的一经堂

六扇三开,墙角堆满
东北运来的獐子松
满院的松香让多少离家出走的少年
迷途知返,坐在天井里
手捧一排排字丁学徒,试着为
《弟子规》篆刻崇孝的龙骨
我注意到有游客用手机拍照时
隔空踩到隔壁徐家裁剪铺的案板
徐裁缝手中的"张小泉"
正在剪开一件
民国提花旗袍的开领

说到老街的脸谱
当数妈祖庙前的古椿树
虽然庙里的雕像在破"四旧"时被洗劫一空
但拴在树下的一对石狮子
依旧记得那些似曾相识的门牌,瓦松
常被一窝窝衔泥的燕子眷顾
那些锔进青砖缝里的铁钉
像一排排老旧潜伏的刺青
留给乡愁不期而遇的温馨

我此刻正在去老家的路上
刚过天后宫便看见
陆瞎子门前的盆盆罐罐
青苔上爬满晒太阳的蜗牛

那年月不曾听闻尼采和叔本华
真理最大的漏洞是
生者对死亡的恐惧
陆瞎子端坐在门口
她黑亮的独辫子
依旧是李铁梅的款式
她的养母无法用饥饿
说服自己,每天都去灶君庙里
磕几个响头

我小学的课堂就是保婴堂的厢房
厚实的木门上刻着晚清擦边掉漆的福字
门缝外的四月,春风不依不饶
杨柳吐尽面容憔悴的飞絮时
端午就到了,祖父周墨林不再说书
用两根红绒拴着我
顺着徐家小磨坊的油香
去临乾隆帝师徐用锡
挂在财神庙里入骨三分的
小楷

我从火神街居高临下
俯瞰周聚源流淌四百多年的曹坊
那些江南瘦小的别园,露台
藏满一阕阕词牌的青衣
在临街旺盛的吆喝里

每一只飞过的麻雀肚里
都留下二两酒量
酒香漫过北洋陆军总长吴光新的宅邸
抬梁穿斗的金字梁下
弹孔恍如隔世
国民党军孙连仲
仓皇败逃的每一封电报
都是六百里加急

一条街，都是岁月镂空的沉吟
层层叠叠，深浅不一
街两边的商铺，有人用青花瓷
栽上月季，转手卖出牡丹的身价
有人说起蔡祠堂门口的杏子
从没黄过，等不到麦口
便偷偷酸倒了一条街的牙根
有人在窦燕客憩身的阁楼
翻到帝师徐用锡的狂草真迹
有人在何九州三杰祠的抱石鼓下
找到了一代名医叶莲航的
验方秘籍

我的妻

今夜在苏北老家的床上
多了一个红眼圈的女人
她的安定和布洛芬缓释片
再次失去药效
她把羊群数满浩瀚的星空
一直数到天明
才发现真实地做一个好梦真难

她知道宇宙就是一个庞大的黑洞
关于七夕的鹊桥
仅限于传说
这个属虎的女人
将自己雍容华贵的虎皮
披在一个书生冰凉的后背
一生都在默默地
温暖书生清贫的文字
像一张虎皮膏药
只要贴上去
揭下来必须掉一层皮

她的羞红是日子偶尔的拮据
一台老式缝纫机一直踏到今天
她说日子再甜也要缝缝补补
缝缝补补是上天付给女人的能量电源
针针线线都是插头插座呀
这个一生都没有学会撒娇的女人
因为掷错了一把爱情的骰子
今夜将哭倒长城的泪水
洒向命运的壶口

好书当枕

我有好书当枕的习惯
奢望将一摞摞中外名著
枕成许愿相伴的枕芯

我的书签是我圈养的蜜蜂
那些抱崖而生的野菊
都是它的娘家亲戚
那些诺奖诗集
是一摞摞羔羊跪乳的胎衣
被我用渴望的目光层层过滤

当我把蜜蜂当作一粒粒文字时
我就是放蜂人
知道哪些句子会
肝胆相照有一说一
知道如何用蜂蜜去勾兑
时光的醉意
知道怎样用思维的推敲和拿捏
将内心的石头精心打磨成
一块块玉

六月一日,
为孙女讲述圆明园

这里的断壁残垣
是扎进中华民族
内心深处的一根刺
美所经历的屈辱
让信仰丢失了站立的自尊

没有人会面带微笑
从这里走过
没有人会站在这里高谈阔论
它的巧夺天工
是一次次乌云压低的咏叹
它的鬼斧神工
是一道道丧权辱国的疤痕

故 乡

故乡,那些倒在谷雨里的麦子
会随父亲脖子上的青筋返青
因为父亲常常会被
渠边沟边的空地
惊惶出负罪之意
就像他从不去医院求医
总把流汗当作吃药
把手上挑破的血泡
当作药引

父亲的救心丸

是生命必备的自觉与清醒
父亲在世时
总把几粒速效救心丸
装在上衣口袋里
装成生命隆重的托付
装成在黑暗中
悄悄睁开的另一只眼睛

父亲信不过已经装好的
进口支架
他说那是一把撒在心口的盐
疏通生死鸿沟
不需要外国人指指点点
还是老祖宗的草药好使
粒粒走心

父亲节

年轻时莽撞
错过了做一个
好父亲的机会
让儿子从小就把我当成了
一道闪电

因为闪电的不期而遇
天空常常乌云密布
亲爱的儿子
在只有一把伞的童年
学会用泪水和哭声
保护母亲

如今我的俩宝贝孙女
常常给他沉默寡言的父亲
斟满一杯杯柔情
告诉我每一天的活色生香
就是平平安安的团聚

我与父亲

一个是感叹号
一个是省略号
族谱上这两粒闪烁的标点
让根脉延伸到
杏花春雨的新盛老街
随祖父手中的狼毫
仔细圈点出人世间
百出的漏洞

但书斋里的一叠草宣
总是提防一地白霜的指认
否定秋夜虫声贩卖了
当空的一轮明月

当我在经卷里
用红线描出老子泛黄的铭文
父亲怕我借祖父的遗墨
苦守文字的清贫
再次用捡破烂的手
为我按下春天的蓝牙

奖　状

整理父亲遗物时
发现几张认真折叠好的奖状
大多是二十世纪六七十年代的
"生产能手""技术标兵"
才悟出父亲的品质
在潮湿阴暗的记忆里
一直醒着

才想到父亲的灵魂是一把种子
每年清明都需要一捧泪水去
生根发芽

建兴上河村

关于诗歌的灿烂
上河村的山山水水
知道太多的答案

这里的每一处房子
都与山石鸟鸣并立
每一条湍急的小溪
都有泉水叮咚的心语
每一块修剪整齐的茶园
都在春笋盘卧的山岗上
遥望远方的爱情

上河村哪
你是一枚《诗经》里的钻戒
戴在壶源江的指尖

南京，南京

一九三七年的南京是红色的
从江东门到水西门
所有的道路都被血漆过一遍

一九三七年南京下关是红色的
从中山码头到望江矶
所有的空房子都收留过尸体

一九三七年的扬子江是红色的
从阅江楼到下关渡口
所有的江面都被冷冻成
红色冰场

一九三七年的江阴炮台是青蓝的
我外公在国民党军 25 旅当勤务兵
七天内用飞镖杀死两个日本兵
外公说他的飞镖一镖封喉
他没让小鬼子的血淌下来
他说狗日的鬼子是畜生
会污染滚滚东流的一江春水

好　梦

我又一次在梦里
听到母亲的喋喋不休
看见父亲的白发寸头
我是多么幸福哇
在梦中还能低头垂首
接受父母的唠叨
聆听童年的一无所有

梦中父亲用芭蕉扇摇来凉风
母亲则用碱水和面
蒸出一笼笼手工馒头
二老相拥坐在新盛街口
嘴里不停地对我念叨
大富大贵不如贪吃贪睡
金山银山不如岁岁平安

乡　愁

比如我乡愁的舌尖
愧对槐花饥饿的前世
少年面黄肌瘦的胎记
愧对青黄不接的娘亲

比如那些生如夏花的盟约
被蛙声偷听到
稻花香里的平仄秘籍
被蝴蝶计算出
黄四娘家的词牌陷阱

比如我灵感缜密的笔尖
让春风一夜得意忘形
红杏毛茸茸的恬静
在枝头开出一身反骨的爱情

故乡啊！请原谅我选择
用林鸟娴熟的乡音
叫醒梦中的蠢蠢欲动

想起父亲

父亲,自从您过世后
除了心痛,我很少动笔
常常坐在桌前,发呆
把一堆堆稿纸抚摸成
您的一沓沓病历

早晨收拾旧物
在您的床底下
发现一把豁口的瓦刀
心一阵凛冽
想到您生前无数次
咬牙切齿地砍断土坯
千方百计想把四个儿子
砌成四面挡风的墙
即使退休以后
我依旧看过您在烈日下光着膀子
不惜用汗水补缝和泥
把老家的院墙抹成一面
可供儿孙写写画画的黑板

哪个孩子回家一次
您会在墙上画一道孝心
孙子孙女们常回家看您
您在墙上骄傲地画满了五角星

当我老了

老了就是老了
老了要在夕阳的娇羞里读懂黄昏
老了一定要活成年轻人的精神向导
老了要自带清辉不染灰尘

不要不服老
学会把路上的风景和镜头
让给年轻人
老了就要主动打开自己
做一把伞
撑开就是晴朗
收起就是自己的拐杖

不是所有的春天都会开花
不是所有的秋天都有果实
人生更多的时候
就是一片片落叶

带孙女踏青

孙女说青苔是春天的复写纸
她的小脚丫是两支笔
写呀画呀唱啊跳哇
她要选择刚刚发芽的桑树苗
与春风一比高低

一切都在萌动
一切都在春雨嗒嗒的马蹄声下
生根发芽，一见倾心
孙女粉粉嫩嫩的小手
握着一本红色的日记
在瓦蓝的天空下奔跑
像一只张开翅膀的燕子
沿途采撷柔软的春讯
我相信她绝不会
空手而归

大　寒

一捧雨水的天意
与大寒的冷无关
在苏北，数到三九四九时
如果还没下雨
一定是年景出了问题
庚子岁尾，北风一再刨根问底
你无法想象蔬菜陡升的价位
是土地把政策当成了武器

这个季节
无法笑若春风
词牌很远，思念很近
饱经沧桑的蛰伏
会穿过大半个中国，虚构一场
脱胎换骨的爱情
到那时你会发现清明
没有对手，因为谁都不会
跟一捧泪水较劲

大地母亲

小时候去芦荡摸鸟蛋
怕芦茬扎破脚
偷偷穿上父母的旧鞋

为了跟脚,那些丝瓜藤
葎草根、拉拉秧、柳条
都是我们系过的鞋带

心一旦软下来
万物皆可打结
就像秋雨松散时
青苔也会爬成绳子
唤醒蚯蚓,唤醒蛇

草头方

用茶壶熬出草根树皮的苦
半个村庄的天就晴了
锅里无米,熬干半盆开水
外婆的草头方
才会被灶头的余热熬透
外公身上的风寒
才会被一碗碗汤汁置换
外公麻木倾斜的腿脚
才会被一根卑微的竹拐扶正

倒在村口的药渣子
是病痛支付给土地的利息
被乡村勤快开朗的后生
飞起一脚
云开雾散

内心涌动的粉红

喜欢孙女蹦蹦床上惊呼的欢愉
喜欢孙女燕子一样叽叽喳喳的天空
喜欢孙女口袋里漂亮的折纸
喜欢孙女书包里掏出的轻松

喜欢孙女天马行空的涂鸦
喜欢孙女一百分的笑容
喜欢孙女透过一场大雪让我看到
唐诗里的葱茏
喜欢孙女火烈鸟一样
内心涌动的粉红

第二辑 故乡亲情

为孙女讲解耕耘

靠一杆狼毫去耕耘
十年寒窗,灵感的荒漠
无法庇佑一朵桃花的使命

因此语言的江山
总在白云生处,显现人家

因此一身傲骨的诗人
从不把手中的狼毫
握成饥饿的鞭子

清明是一道算式

这一天雨水微妙
泪水断肠
人性应有的光芒
将得到雷声的点化
信念的鞭子一直指向
杏雨村外的通天之途

这一天形影脆弱
江湖匆匆
几枝竹外桃花
摇醒春江水暖的鸭群
去为孝心解冻

这一天擦亮亲人墓碑的
只有眼眶这两口深井

想起父亲

那次父亲脚踝扭伤
痛彻心扉的疼痛让他
咬牙切齿地喊出了我的乳名

他忘记了孙子孙媳正在焦急地为他擦汗
他忘记了他俩孙女正在用冰块为他冷敷
他忘记了自己的儿子早已满头白发年过六旬
红肿畸形的脚踝让他呼吸急促
让他左右摇摆疲惫抽搐
亲情强大的气场
让我将父亲紧紧地搂在怀里
瞬间泪奔

父亲说

父亲临终的咳嗽
是我文字的最后韵律
父亲不懂诗词
他用呛咳流下的泪水
告诉我痛苦是膝盖跪醒的清明
父亲说人活一辈子
就活一张脸
千万不要把脸皮当作面具
父亲说人生淌下的汗水
就是一捧捧药引
只要肯弯腰付出
就一定能收获土地奉还的诚意

父亲拄过的拐杖
是我可以依靠的森林

黄 昏

黄昏,父亲虚掩的家门
常常忘记上锁
如果父亲穿着坎肩
我会看见他脖子上
依旧贴满膏药
像一排青筋缝过的
补丁,麝香味的
门对子,依旧挂着
父亲依偎的体温
但这一次是意外
父亲的门上锁了
他忘带了钥匙
将自己反锁进
老家的清明

苦 水

父亲脖子上的膏贴
每次揭下来
都与皮肉相互撕扯
渗出来的血丝让父亲
疼得咬牙切齿

于是父亲改成吃止疼片
没有牙,低头喝水时
药片常常掉进杯子里
等不及用手去捞
便化得无影无踪
父亲舍不得倒掉
为了止痛,每天都要一杯一杯
在舌尖与药片的博弈中
喝下一肚子
苦水

乡 音

乡音低泣
清明对岸的娘亲
隔着一捧泪水
再次看到我用剃须刀
刮破的年轻

如果坟前有草抽搐
一定是娘听到我在哽咽
如果娘看到了我的满头白发
一定规劝身边的柳树不要吐絮
如果是清明让娘有了
永不回家的念头
一定是我放纵的泪水
邂逅了故乡的云

鲜花与蛋糕

清明节,孙女让我在妍语蛋糕房
为韩余娟姐姐
订一束鲜花和蛋糕
孙女说在乡间长大的英雄姐姐
一定没有吹过生日蛋糕上的蜡烛

我的孙女多么善良,年年清明
都要带着妹妹来到马陵公园
用手一遍遍去抚摸
大理石上的碑文
仔仔细细地听我讲述
在二十世纪八十年代
在没有身份证的春天
共和国的领导人怎样用一笔行草
让人们知道江苏多了一位少年英雄

陪　读

孙女趴在一道道算式里
我的陪读进入了月光的纯银时刻

孙女在桌子上腾出一小块空地
用来盛放我疼痛的叮咛
现实的虚空让我厌倦了思考
陪读的困顿是一道道
谎言轮回的病句题
让所有的期待都无法解开
起跑线上的圆周率

而我的孙女多么优秀哇
常常用奖状和惊喜贴满她
幸福的小屋
当时光在一道道算式里演练毅力
孙女便用橡皮擦擦去委屈
擦去动画片擦去星期天擦去肯德基
自觉地拧亮属于自己的灯盏
用真心为每一张答卷付出努力

收藏作业本上的五角星,与昨天告别
选择燕子飞翔的姿态
亲吻自己的春天

母亲的隐身术

母亲失散多年的风湿痛
被几贴膏药
贴进了墓碑的夹层
母亲学会了隐身术

母亲的隐身术
让天堂飘满麝香的气息
驱走我多年的心魔
作为孝子,我不允许
自己的灵魂枯萎
因此在凤凰岭
母亲的墓碑
比刀尖锋利

母亲的墓碑和墓碑上
清晰的名字
是我泪水劫持的乡愁
是老家的代名词
是一堆值得信任的石头

我要用毕生泪水的包浆
把它精心打磨成
清明里的一块玉

泪水的温度

比如我看见深秋最后一根丝瓜
烂在外婆少油无盐的锅里
晾绳上最后一张发霉的煎饼
扎破外公皲裂干瘪的嘴唇

比如我看见父亲痉挛着咳嗽
手里攥着空空的甘草瓶
比如我看见一只被踩扁的易拉罐
想起捡过破烂的母亲

今年的春联

父亲刚刚去世,按照乡风习俗
我家三年之内
不贴春联不放鞭炮
不蒸馒头不擀面条

因此别人家的门上
迎喜接福牛气冲天
是连绵不断的祝福祝愿
我家门上面无表情没有靠山
只有父亲的两行泪水
让思念变得心酸简单

家风家训

在老家,通常把祖坟称作老陵
每一个土丘都按辈分排列有序
子孙们逢年过节相约而至
把高出地面的光阴
哭成有家可归的清明

我的曾祖是晚清秀才
穷尽一生的努力
把家打造成书香门第
我的爷爷是民国县史编修
挖空心思教街坊邻居家的孩子
读书写字,知书达礼

爷爷说人这一生
汗水泪水都是收成
好的家训家风就是
一条街的风景

火柴盒

小时候，火柴盒是童话里
最温暖的小房子
里面住着一排排
火星上的小矮人

外婆数着火柴头过日子
风是手心外的敌人

火柴杆细了，炊烟就会越刮越细
火柴盒散了
一个家也就散了

炊烟的每一次招手
都是乡愁头上的顶戴花翎

漏风漏雨的日子，火柴盒
深居简出，夜长一尺
饥饿就长一寸

黄 连

童年烟熏火燎的记忆里
离不开黄连的苦味
外婆抓来的草药
熏醒半个村庄
外婆说乡下缺医少药
好多乡亲需要用黄连扶一把
好多病痛需要用黄连的苦味
念叨念叨

长大后才知道
黄连有大苦大寒的身世
常以小檗碱的身份
彰显良药苦口
外婆说现在好多人有钱了
但心烦不寐燥热昏神
良心病得不轻
只有黄连的苦味
才能扶正固本
叫醒那些昏昏沉沉的
灵魂

遗　产

孝心不是独门绝技
在多维的空间
早与遗产势不两立

因此亲情的袈裟
薄如蝉翼
声势浩大的号啕
熬干血缘的水分后
思念只剩下一把泥

天堂没有快递

说到口谕
天堂没有快递
清明是时间的天敌
总用一捧捧泪水
让思念恍若隔世
让亲情半信半疑

外婆在世时说
活着就是一口仙气
一呼一吸之间
隔着晃晃悠悠的良心
因此人生
用乡愁喊醒的爹娘
都是口语

给宇宙留个地址

我在拉尼亚凯亚超星系团
发现银河系猎户臂
顺着古尔德带穿越奥尔特云
在太阳系第三行星
找到一个叫地球的小村
我准备用六十年的光阴
给外星文明留下地址

我用诗意转告宇宙有可能
存在的高智生物
太阳系只是一个小小的星系
连费米悖论也无法用
原理具象去完美解说
当孙女在七夕之夜
眨着星光灿烂的眼睛
问我外星人存在吗
他们什么时候造访地球
我无语但又心有不甘
于是耐着性子劝慰孙女

那些看不见的东西
不要去苦思冥想
那些摸不到的东西
伸手都是多余
好好爱护地球吧
从春天的一片树叶开始

月亮的缺口叫镰刀

好久没有看见高清的月牙了
苏北多雨,雾霾遮星蔽月
晚上孙女散步时对我说
天上的镰刀生锈了

盯着一把生锈的镰刀
怎敢端着杯子去
把酒问青天呢
再也见不到从前
亮晶晶的小船了
再也遇不到童年的阿娇了
空气中微苦的酸味
让月宫的嫦娥常常迷路
不论她拥有多长的水袖
也擦不干黑夜的忧虑

玉米须

偏方说玉米须能降血压血糖
八岁的孙女便央求妈妈把她带到
外婆家玉米地里
孙女小心翼翼地剥开玉米穗
理出一层层惊喜
孙女认真专注的眼神
让我仿佛看到她在剥开
《弟子规》里一层层春雨

孙女,你就是我的春天
一脸的阳光明媚天真好奇
在这信念被百般虚构的年代
孙女用自己的实际行动
告诉我孝心是挂在中国梦里
一面最亮丽的锦旗

虚 岁

申报退休时
小姑娘说我填的是虚岁
还要再等一年
于是我对小姑娘说
我虚出的一岁
虚在母亲的肚子里
十月怀胎,以虚计实
我虚出的一岁
是母亲生我时
痛得牙齿咬断生铁
把我带到人间

我虚出的一岁
虚在母亲灵与肉的博弈
是家族虚出的枝繁叶茂
是亲情虚出的温暖生动
是虚在母亲风烛残年
没有一颗牙齿依然颤抖着
把我含在嘴里
当作她的心头肉

活成一棵树

我必须在每一片叶子里
为孩子们准备好挥霍不尽的鸟鸣
忘掉他们曾经在我身上
留下的疤痕
用心张开送爽的怀抱
给头顶上飞过的大雁
搬把椅子

我必须枝繁叶茂
为鸟儿颤抖的翅膀
挡住远方的瞄准镜
不考虑百年之后
做棺木还是路标
只祈求在树下避过雨的孩子
在雷声和闪电到达时
没有看见我退缩

想起母亲

母亲说挂在屋檐下的
都是留作种子的玉米
当春荒和饥饿疲于奔命
饿死的都是缺斤少两的良心
于是母亲用半截生锈的剪刀
用力在玉米棒上翻耕
熟黄的玉米便牙齿松动
一粒一粒掉进石磨眼里
那一年我刚满周岁
人间啼饥号寒
我靠挂在外婆家
屋檐下的两串玉米种子活下来
从此把每一粒粮食
都当作性命

修 行

我常常想起自己的笨拙
在忙忙碌碌中丢掉疼痛
在奔奔波波中远离是非
忘记了付出就是修行

而内心滋养的杂念
是一盘泪水禁锢的散沙
让我心痛不已
忘却了思念在泪潮奔涌的黄昏
无法如期抵达老家的清明

而今《诗经》里的野菜
大多以草药的身份回归
但饥饿早已不是唯一的失主
于是信仰对我说
刻上墓碑的名字才能留住泪水
埋进土里的种子才能分享春天

槐花馅饺子

昨天吃槐花馅饺子
不经意间
吃到一只小蜜蜂

心一下子提到嗓子眼
喉咙突然回血
仿佛舌尖和牙齿
一同被甜蜜出卖了

向一盆崖柏道歉

它本应昂首挺胸百折不挠
还誓言一个大义凛然的公道
却被我施以渣滓洞里的酷刑
在锐器凿开的春天
戴上乍暖还寒的手铐脚镣

它留在露水里的担当
早已长出宁死不屈的妖娆
让合唱团的孩子
为它合唱月黑风高
也让我的灵魂得以放风
一次次在翘首眺望的乡音里
躲过乡愁生锈的剪刀

因此我必须向它被钢丝捆绑时
缺血战栗的心跳道歉
向它穿越蜕皮的时光隧道
不辱使命的坚守道歉
向它捆扎在千疮百孔的焦渴中
咬钉嚼丝的顿悟道歉

悟

当你走投无路时
那些给你让道的人
都是起早贪黑的苍生
路就那么宽
也就那么长
你得到的宽畅
或许就是别人手中的
一炷香

词牌里的故乡

有助于催生灵感的麦芒
有助于打磨意念的包浆
有助于焊接磨损的语境
有助于补缀修辞的惊慌

如果闪电再密些
如果雷声再紧些
有助于放纵聂小倩的清唱
有助于梁祝折断的翅膀
返回化蝶的天堂

道生碱店

东大街的恢宏版图若看高一寸
便见版图上的道生碱店
一八九七年,道生洋货号的美孚洋行
用古罗马式的精美构思
在店铺如云的东大街
建成一幢大气磅礴的四层洋楼
门面两侧的罗马柱及门窗上的拱券
均为大理石磨花雕出的花草图案
即使放在一百二十七年后的今天
依旧恢宏壮观美轮美奂
是目前国内现存的除上海、天津
九江、长沙之外的第五大美孚洋行旧址

店主张道生十一岁便在
东大街汪家杂货店里学徒
因眼勤手快,嘴甜心细深得老板赏识
当西方传教士卜德门携《圣经》入住宿城
他很快发现教会庞大的势力并申请入会
用勤勤恳恳的付出被提拔为

宿城耶稣教会的执事长老
从此有了结识上海美孚洋行的机会
他终究是生意人
凭借长远的目光和惊人的胆识
仅受过两年私塾教育的他苦学英文
靠自己坚持不懈的努力
终于与上海美孚洋行建立了
互惠互信的合作模式
短短五年内先后在苏北、鲁南、皖东
开了十六家跨区域的分号和数十家
分销代理点
用坦诚守信和创新担当完善了他的商业帝国

在东大街所有的店铺中
开门最早的当属道生碱店
那些在三更天吱吱呀呀滚动的货运三轮
一定是道生美孚洋行的伙计们起早贪黑
顺着古运河庞大的水运版图
把纯碱、煤油、火柴、蜡烛、香烟等
民用之需
源源不断地发往十六家分号
张道生与伙计们同饮沧桑共食风雨
他给财富的定义是
诚实和守信必须对称
人心若是秤砣，秤盘子就是江山
他不允许秤星向老百姓低头少秤

因此道生碱店的影响力很快超过了
英俄等外商在宿贸易的总量
市场占有率接近百分之九十

用一条街去承载一座城市的终极繁华
它必须有光，有在竞争中
谋求生存发展的道义
有领先时代的经营理念
有为富则仁的高贵品德
用东大街街北画字店窦燕客的话说
他必须有忠厚仁义的家训家风
民国时期的东大街人流如织
匆匆忙忙的背影和眼神
无不显示渴望和拥有财富的期待
窦先生一袭长衫站在街头
一天的守候从一杆画笔开始
先生画死人也画活人
他每天都在努力把照片上的遗容
画出活着时的风骨
按照先生的话说，他要对得起
店铺上方雨淋日晒的招牌

窦先生与张道生有过一面之缘
他对美孚洋行的经营理念称赞有加
先生说不要小看那些盐粒状的碱面
它有极强的去污去垢功能

而那些被称为小苏打的食用碱粉
更可以改变食物的口感和韧性
让蒸出来的馒头又白又大
是家家户户必用之物
窦先生说盐是骨头碱是筋
张道生的碱店
就是东大街风风雨雨里的一根筋

这根筋一直牵着东大街的主动脉
让沿街的每一张店铺的桌面上
都摆满守信的账册和极致的笑脸
风险不可预测时
大家把目光投向道生碱店
收起张扬抱团取暖
但诚信经营的理念和货源品牌
从不被炎凉的世态搅局

张道生的营销策略和学而不厌
当然也与自己的近邻
鱼市口元余绸布店的退庵学塾有关
一九三七年日本鬼子炮轰宿城
道生碱店因其大气磅礴的建筑风格
侥幸躲过日军三天三夜的炮击
后也因牢固的地基被日军强行征用
把它改造成恐怖一时的水牢
从此张道生移居金陵

偶尔回乡望一眼铺子
常常泪湿青衫
便把东大街合庆巷胡石侬的丝线庄
当作留宿处，与退庵学塾的陈书樵先生
成了忘年交

陈先生家源渊博
其外祖父是晚清抗倭名将杨泗洪
他书临颜鲁公和二王
并把每一笔画都融入汉隶秦篆魏碑
终成一代大家
张道生本是道义之人
对家乡的文化名流关怀备至
把陈书樵的书法奉为神明
并从先生力透纸背藏神贯气的小楷里
悟出了兵荒马乱的岁月里
向死而生的商道
最终成为一位名副其实的
爱国实业家

虚 构

比如山茶花的红
木棉花的红
杜鹃花的红
都曾经被炮火硝烟
虚构出信仰的旗语

但也有一种红
不能虚构
那就是红嫂的红
用一壶壶乳汁
一碗碗鸡汤
让沂蒙山成为
信念的地标

最后的村庄

村庄老了,新年刚过
庄前二家徐姓宗亲
贴在门上的大红春联
换成了白头纸

几声唢呐把
挂在屋檐下的红椒蒜头
吹成了祭品
把村庄最后的留守
吹成了桑木拐杖
把村庄最后的驼背
吹成了上山的蚕

家　规

小时候调皮罚跪
兄弟四个
一跪跪成一排
父亲的巴掌从不过问细节
只打大的，不打小的
直到把老大打成了
家里的
顶梁柱

扬州的瘦

显然是被二十四桥下
霓虹卧波的明月照的
显然是被孟浩然烟花三月
孤帆远去的背影搅的

显然是鉴真六次东渡
弘布戒律的木鱼敲的
显然是郑板桥难得糊涂时
吃亏是福的福字纳心

当然也是被瘦西湖的瘦字连累的
被《广陵散》《扬州慢》蒙骗的

面对雕像

这一组雕像
是花岗岩家族里
最耀眼的一束光
顺着大理石的捷径
每一个挚诚的仰望者
都会在信念的星空
留下鲜花的位置

与时空对峙
光的反差
灼痛了一个退伍老兵
眼中的木棉红
他们素不相识
但那一身褪色的军装
同样璀璨出
誓言的刀伤
向被炮火撕开的信仰
交出流血的信任

看见斗笠

在灌南县红色文化博物馆里
我看见了斗笠
心生感慨,我们的信仰
曾经用几根竹子编织出
铁质的硬气

印在斗笠上的五角星
依旧光亮,依旧挺立
让我看到炮火硝烟
无法找到的漂移痕迹
也让我读懂了真理
在麻木黑暗的深夜
怎样去孤注一掷
抓住手无寸铁的黎明

顺着博物馆狭窄的通道
在一碗碗南瓜汤里
我闻到了中国革命最初的营养
我看到了穿着草鞋的腊子口

戴着斗笠的井冈山
一次次咬紧牙关
走出万劫不复的困境

春天的荒草

我的头顶是一片春天的荒草
常常被俩孙女揽进怀里
理一理,梳一梳
这片六十多年的荒草滩
孙女说她的两只小鹦鹉
可以在上面做窝了

做窝就做窝吧
我认真地笑着回答
年轻时为了彰显个性
留长髯,大背头
发虽无骨,却也时常随我
拍案而起

孙女拿来梳子
燕子一样在我的发际穿梭
问我是不是很久
没有洗头发了
说油性的攀爬

已让头顶渗出细碎的皮屑
在额头悄悄留下
落单的空白
我说谢谢宝贝们
是你俩手心扑鼻的香气
让刚刚拔下的一缕白发
走出了春天的困境

清明贴

把墓碑揽成天堂的信箱
把泪水哭成断魂的快递
娘啊,我看见您坟前坟后
开满成片的小野花
一摊摊,一簇簇
或红或紫,或白或绿
渺小得让我叫不出它们的名字
只感觉那些色彩斑斓的小"纽扣"
像极了娘从前心绞痛时
从药店买回来的
一不小心撒落一地的
通心络胶囊

公祭日

警报是这座城市的心绞痛
每年都选择公祭日,号一次心脉
那些把脉的人
告诉这座城市
南京大屠杀幸存者
仅剩三十一人①

不是警报撕破的每一片乌云
都会验算出,万分之一的生存率
而是警报鸣醒的三十万白骨
至今无法闭上眼睛

---

① 据新华社新媒体报道,截至 2025 年 1 月 9 日,南京市侵华日军受害者援助与南京大屠杀历史记忆传承协会登记在册的在世幸存者仅剩 31 人。

环　境

在河边
不要小觑猫的尾巴
因为只要伸到河里
就是一把钩子

在河边长大的猫
每一只都会长成
狐狸的模样

祖　祠

我没有祭祀贡品
不敢走进祖祠

我不能用别人的帮衬
带给祖宗惊愕
我不能用信仰的噪音
打搅祖宗的沉默
我不能用跪着的膝盖
交出站着的灵魂

我不能把自己的几本诗集
当作几卷煎饼
摆在祖宗面前
我不能端着买一送一的果盘
靠近祖宗的忠孝贤良

写写江南

如果有词牌
我绝不允许桃花杏花李花
在崔护的门前嬉戏打闹

如果有野兔
我绝不允许饥渴的蜂群
偷偷把油菜花的香艳搅黄

如果有钟声
我绝不允许江枫渔火
死在张继夜读的灯影里

如果有爱情
我绝不允许那个丁香一样的姑娘
在雨巷凄婉迷茫

三月八日,我的生日

一九六一年三月八日
农历正月二十二日晚上九时
我的母亲衣衫不整
一手抱着刚刚出生的我
一手抱着刚刚死去的双胞胎弟弟
哭了一夜,直到把
噙满泪水的眼眶
哭成和东方的第一缕晨曦
一样暗红

从此母亲把我当作
一盏灯,整天顶在头顶
走到哪里,哪里都有
一阵春风
母亲说我文静,孝顺
知书达礼,明辨是非
可我不能匹配母亲的春天
因为我是一个儿子

不能变成一朵花
永远插在
母亲头上

老　了

老了，真的是老了
世态老出了炎凉
泪水老出了包浆
诚信老出了陷阱
亲情老出了霉霜
信念老出了沙场
拳头老出了方向

老了，真的是老了
姐妹老出了算盘
父子老出了公堂
兄弟老出了彷徨
夫妻老断了拐杖

用方言造句

用穷尽一生的语意
寻找错别字的故乡
为三步一跌的方言
制作一根拐杖

如果乡愁是一朵野花
把它插在头上
如果梦里有流星划过
一定是老家的狗叫鸡鸣
吵醒了挂在墙上的爹娘

故乡的菌子

苏北多雨,冷暖不均
雨后的郊外
很少能拣到菌子
如果你有幸遇到了
童年的美味
浅土里一定埋着
一截枯木的乡情

那些无家可归的朽木
常常在苔藓的最低处
为背井离乡的亲情
撑起一把把小伞
孤零零地告别
忘记了乡愁是一缕缕炊烟里
有毒的清明

颜　值

在我居住的小区
大嗓门的喜鹊
好久没有展示它
漂亮的燕尾服了
女贞树上的鹩哥
因为几粒熟透的果子
拌嘴，让我看见春天
最早的嫩芽是它们抢先
啄出来的

这一刻南风变得柔顺
柳丝的颜值最懂妖娆
枇杷树上的乳白小花
开成蜜蜂过冬的甜品
几只小麻雀的疲惫之躯
再次向我展示出
寄人篱下的亲昵

桃花扇

从舌尖上发出的乡音
是语言抽象的形体
蜜蜂嗡嗡地鸣叫
果实来自槐花喊痛的乳名

游山玩水的白云
只有变黑些变厚些
才有资格拥抱闪电
当种子的破绽
被一场春雨接走
故乡啊
你的每一朵桃花
都是词牌里的扇子

软兜长鱼

雨水是舌尖上的节气
充沛得让韭菜头
一茬一茬叛逆
选择用鹅黄的身段
扎伤早市的眼睛

于是我乡愁的味觉
突然蹿出几条长鱼
在舌尖上推推搡搡
让我青黄不接的灵感
长出两排锋利的牙齿
把春天吞到肚子里

烟 花

只有烟花能读懂回家过年的泪水
擦去天空的抑郁
点亮孩子们的眼睛

只有烟花能让冰冻放下执念
让焦躁不安的南风
提前返回春天

烟花就是咱老百姓
撒在年味上的葱花

第三辑 青春无悔

人生如陀螺

小时候抽陀螺
为了节省鞭绳
常常猛抽几下
暂停
待陀螺快要倒下时
接着再抽

长大后才知道
陀螺就是人生
小时候父母抽老师抽
长大点长辈抽同事抽
到老了儿女抽子孙抽
每一刻都在急速地旋转中
小心翼翼地求证

站着或倒下
鞭子说了算

跛 爷

——故乡人物记忆之一

跛脚瘸腿，天生残疾
他狠心的爹娘真会算计
偷偷把他丢在生产队队长家的草垛里

吃百家饭，喊百家娘
和生产队队长家的狗一起长大
手里的竹拐是他的另一条腿
也是打狗棍

入户时随生产队队长姓李
队长家多了一份口粮
八岁住进生产队里的牛棚喂牛
队长家多了一个劳动力
从此每一头新生的牛犊
都能多吃一把他从牛槽缝里
抠出的黄豆粒
还有面黄肌瘦的乡村
几家吸不出奶水的孩子

有了些许新鲜的牛乳

那一年他病死在牛棚里
无亲无后，无人哭泣
几头老牛没有记恨他曾经
缺斤少两，克扣口粮
跟在送葬人身后一路低凄哀哞
村里的老人说苍天有眼
他有一群比人孝顺的
牲口骨肉

底　线

还剩最后一捧雪花
等待春困叫醒
还剩最后一层薄冰
守候漏风漏雨的清明

还剩最后一只天鹅
让舞台波光粼粼
还剩最后一窝鸟巢
守候萧索破败的乡音

还剩最后一只蝴蝶
想做一次母亲
还剩最后一片天空
留给故乡的鸟鸣

采 撷

看到一位跳广场舞的大妈
弯腰折一朵路边的百日菊
在舞伴的嘲讽中
戴在自己头上
像一只粉红的发卡
拢住了云鬓的斑白

有些美丽只属于
黄昏的疯疯癫癫
只属于晚霞的指指点点
只属于夕阳的嬉戏鬼脸
只属于白发的童心未泯

所 有

所有的清醒都是为了
让灵感长出翅膀
所有的光芒都是为了
让文字睁开眼睛

所有的流血都是为了
让罪孽得到报应
所有的敬仰都是为了
让泪水找到清明

所有的挣扎都是为了
让灵魂冒出热气
所有的坚守都是为了
让骨头站成森林

坐 标

感谢这个世界
感谢每一个向我问路的人
他们都把我当成了一棵树
当成了一把伞
当成了过路的风
把我盘根错节的真诚
当成了陌生城市的
指南针

如 果

如果桃花不识人面
还要春风干什么
如果曲径不能通幽
还要月光干什么

如果转经筒迷失方向
还要膝盖干什么
如果泪水也会结冰
还要清明干什么

茅草,茅草

在风中匍匐的茅草
在雨中蛰伏的茅草
野火也烧不尽的茅草哇
你和人民一样
隔着一层黄土也能呼吸
人民也和你一样
有一个简单倔强的名字
叫草根

听蝉居文脉

如果丹田还有一缕春风暖阳
一定源于一条古黄河的神秘捆绑
如果舌尖尚存一品西湖的故乡
一定是主人在袅袅茶烟里
为你斟满明前龙井的极品珍藏

如果听蝉拥有群峰叠翠的遐想
一定是主人留给你绿筱青涟的相望
如果你听到茶香里书声琅琅
一定是下相文脉里
悄悄涌动的星光

掩 体

眼泪是瞳孔的掩体
牙痕是舌头的掩体
三窟是狡兔的掩体
膝盖是香火的掩体

硝烟是子弹的掩体
乌鸦是黑夜的掩体
金钱是豹子的掩体
窗帘是欲望的掩体

老 伍

——故乡人物记忆之二

老伍是个伤残老兵
他把一双明亮的好眼
留给了法卡山
他每天摸着手机听抖音
把《若有战，召必回》听了
一遍又一遍
直到两只假眼
听出黑洞洞的泪水
我知道他手中的竹杖
比刺刀锋利

解释地位

把爱人当作相公
你就是娘子
把爱人当作夫君
你就是贤妻

把爱人当作要饭的
你就是捡破烂的
把爱人当作窝囊废
你就是受气鬼

江　南

江南是一捧无花果里
恋恋不舍的甜味
江南是一杯情人嘴里
口红认领的咖啡

江南是开在雨巷的
丁香花蕊
江南是十里秦淮
董小宛的口碑

江南是桃叶渡口
一捧小蝌蚪的昏昏欲睡
江南是猜情郎时
拔根芦柴花的妹妹

铠 甲

刺猬身上的铠甲
是一件万箭穿心的袈裟
江湖不败的傲气
让每一双虎视眈眈的眼睛
都保持滴血的距离

远行的人,看见刺猬
想起老家挂在墙上的蓑衣和
亲人一闪而过的身影
又一次踮起脚

国泰民安

小区里的保洁阿姨
早晨打扫卫生时
穿上一件粉红的毛衣
也许是为了引人注目
她拉开了上衣拉链
她脸上的幸福
藏着少见的高原红

这是暖冬
平平常常的自信
让我想到国泰民安的真谛
手机上的巴以冲突
仍在不断升级
有太多的先进武器充当扫帚
把流离失所的难民
当作一摊摊垃圾

钢琴独奏《梁祝》

一个用手指布道的人
她的灵魂属于一架钢琴
她娴熟的十指通吃"黑白两道"
可以使路边所有的嗓子沦为
花间小令的战利品

她诡异幽深的琴键
有着绝尘而去的俯冲
让两只迷途的蝴蝶
从坟茔里展出翅膀
绕着千古的眼泪飞翔

我的祖国

我的祖国
没有一座重叠的山川
没有一条重复的河流
无论是国画的春天
还是油画的夏天
水墨的秋天和粉彩的冬天
只要你用信仰去写生
每一座纪念碑
都会在落款处
为你盖上大篆的印章

想起捡破烂的母亲

她的驼背越来越像一张弓
生活的脸色和底气
让她无论走到哪里
都千方百计想在这张
接近极限的弯弓上
存放点什么

比如废报纸、易拉罐
碎纸箱、啤酒瓶
这些被生活丢弃的光芒
被她惯常捡起,背在肩上
一路叮叮当当
让她斜斜的背影
一天也不消停

我想用诗歌分行
去描述她的驼背
比如佝偻,蹒跚
三步一跌,战战兢兢

知道她这般拼命努力
就是不想把日子过成肩上的废品
于是她在黄昏的坚守与妥协中
一次次用泪水喊痛我的乳名

红领巾

飘在胸前的明媚
戴在脖子上的暖阳
让我少年时代的血性
挺拔出自信的光芒

刚上一年级就因拾金不昧
戴上红领巾的我
坚信老师说它是无数革命先烈
用鲜血染成的
因此每一次清洗
都不敢打肥皂揉搓
我怕肥皂泡沫会暗淡了
幸福的憧憬和老师
闪光的期待

故 乡

我的乡愁无法走出先人留下的胎记
我对"生当作人杰"的诗句过于上心
我的故乡有一盘下了两千多年的棋
每走一步都被历史埋下悬念和伏笔

我故乡乌骓马的石头马鞍
捂不热四面楚歌的刀光剑影
我故乡的戏马台
留不下莎士比亚和《长恨歌》
我没有勇气坐在故乡看戏
我怕舞台上的锣鼓一响
我就看见了
虞姬脖子上的血

暖　色

故乡是一把生锈的锁
开与不开，都有一地的白霜等着
当你推开窗棂上冻蔫的丝瓜
正好一对留宿的粉蝶惶恐飞过

那是你童年两小无猜的玩伴
在为你坚守最后的老窝
它让你困苦迷惘的人生
每天都有梁祝用灵魂陪伴的暖色

在老家下棋

在老家下棋
我不敢轻易惊动
大车身边的马
因为它是故乡
棋盘上的乌骓

作为西楚霸王的坐骑
它亲赴鸿门宴
亲睹垓下风云
亲闻四面楚歌
亲历霸王别姬
最后陪主人自刎乌江
把一部大汉简史
定格在六十四个方格上
让后人每走一步
都留下无尽的思索

假 哭

白事一条龙服务
有职业哭婆
唢呐一响
泪流四方
花二百块钱
可让死去的老人
多出一个闺女

真是世道沧桑
亲生亲养的儿女们
从小哭爹喊娘打打闹闹
长大之后竟忘记了
怎样去哭

雪　莲

孙女没见过雪莲
嚷着让我网购
百度一下厂家
无

那日把孙女顶在头上
她掀起我的满头白发
提醒我又该染头发了
我说不染了
爷爷的满头白发
就是一座冰山
把宝贝架在头上
宝贝就是冰山上的雪莲

最后的柿子

最后的甜蜜
跟不上孙女的等待
竹竿再次把我的驼背举高

而寒露说到就到了
依恋和不舍
还在路上

妻说树梢上的几个不要摘了
留给小麻雀吧
人生有好多本就属于你的
但又够不着的东西
都是经书上的字

谜　语

在荷叶的世界里
所有的伞都是多余
这句话是莲子的谜语
是锦鲤的乡音
是小蝌蚪的独门暗器
如果正在读诗的你
也相信了
你就是红蜻蜓

泸定桥

上游传来消息说
大渡河上的十三根铁索
已变成碑
二十二名身背大刀冲锋的勇士
有的已变成碑上的文字
《义勇军进行曲》的高音部
已选择十三根铁索
做五线谱

我默默地注视着
这四十吨重的五线谱上
二十二个音符
第一次发现原来真理
必须在逃亡中不断地俯冲
信仰才有机会
重生

张兽医

——故乡人物记忆之三

偶尔也给人看病
穷乡僻壤,缺医少药
他背篓里的草药
喂猪也喂人

他免费劁过的猪
头头对他恨之入骨
他劁掉了猪的七情六欲
他免费救下的人
人人对他感恩戴德
他讨回了乡亲们的命

闪电的证词

雷声大,雨点小
肯定是云卷云舒的西风
辜负了闪电撕裂的夜空

肯定是人工加冕的顶戴
抛弃了草鞋上的虫洞
肯定是信仰豁口的契合
孤立了泰山顶上的雪松

肯定是灵魂啼血的歌声
惜别了真理最后的同盟

感恩石头

有多少石头
与清明达成默契
心甘情愿为死亡奠基

有多少石头
磨平獠牙的梯形
用灵魂的加持
成就了信仰的阶梯

每一块石头都会流泪
每一块石头都是
江山的子民

老家的墙

斑斑驳驳
并非来自钉子的怨情
肯定是娘一成不变的微笑
欺骗了悬挂的清明

那面被血脉打通的老墙啊
告诉我什么是有娘的幸福
哪里有喊痛乳名的叮咛
在娘手搭凉棚的仰望里
哪一扇敞开的家门能让我
卸下城市瘦身的面具
飞出混凝土的森林

葫芦的记忆

葫芦从小命硬
很少与豆角丝瓜
在篱笆墙上纠缠不清
只需插上几根秫秸
葫芦的触须
就能舔到天

小时候我最喜欢那种
底大上束的葫芦
酒瓶一样光滑
中间系一根红头绳
守到秋天一分为二
就切成外婆水缸里的瓢了
大汗淋淋的夏天
小伙伴们头重脚轻
半个脸都扎到瓢里豪饮
常常为一瓢沁心凉的井水
提前憋足一口气

橘　颂

早该换茬了，它还在坚挺
还在苍劲，凝重，倔强
黏牢秋风，聚拢冰霜
托起我院子里的富贵吉祥

锈迹斑驳的皴裂
明显是草头方的旧伤
却让那些被《诗经》研磨的意象
在剥落中碎成陈皮
用清热理气，平喘化瘀和
周身绵密的针刺
打开我灵感的防盗窗

如此决绝的疲惫，当然是
看到我生存的痛苦现状
看到我，日子只剩下
填补和掏空
看到满枝新生的嫩芽
行程一拖再拖

看到我刚刚懂事的孙女
一次次咽下,懂事的口水

早该换茬了,它还在枝头蹲守
知道我的院子里,地气重
知道缺少文火的夏日
我清贫的文字,会养心
会发出和它一样金黄的光
知道它皱皱巴巴的小脸蛋
是我院子里
最朴实守信的顺民

父亲与酒

父亲在世时,嗜酒如命
但家境贫寒,除了逢年过节
很少有机会开怀畅饮
我见过父亲酒瘾上头时
偷偷拧开酒精瓶的盖子
闻了又闻,闻得我
鼻孔发酸,闻得我的泪水
在眼眶里直打颤

有一次,父亲把一个沾上酒精的
棉球,塞进鼻孔
瞬间父亲的眼神
被酒气分解,腾挪
仿佛塞进鼻子里的
是一团火,是存放在丹田上的
一场春雨
把悬置的力气爆发出来

父亲喝得酩酊大醉的那次

是我把侄女和五岁的孙女
带上了中央电视台
向全国亿万观众
讲述全家读书的故事
父亲看到电视上的我
满心欢喜
开怀大笑时
再次露出幸福的酒窝

长　征

用六百余次冲杀
攻破七百多座县城
击溃国民党军数百个团
飞奔十四个省
翻越四十余座大山
跨过近百条江河
最终行程二万五千里……
我无法用泪水
背下这组数字
只记得从瑞金到甘孜
所有求生的路线
都被炮弹填满
都被不断延伸的炮火
围追堵截
信念的掩体里
只剩下一双双
血肉模糊的草鞋
这时候你仰视甘孜
仰视泸定

仰视伟人坚定的手臂
在信仰生死存亡的最后时刻
向大渡河上陡峭的铁索
借过一条近路

带孙女踏雪

雪下得很勤奋
我告诉俩宝贝孙女
要勇敢,要放开
跌倒的次数越多
起点就越稳
爬起来就越快
生命只有在冰冻的状态下舒展
才是真正的苏醒

我还告诉俩宝贝孙女
有准备的跌倒
是人生的一次次滑翔

旅行者一号

旅行者一号留下遗言
地球只是宇宙一个像素的亮点
只是浩瀚星空的一粒微尘
文明不需要猎人
不需要贪婪的政客
不需要光荣与胜利
正义不需要扣动扳机
不需要用纪念碑
留下存在的痕迹

带米字旁的字

爷爷一心想当书法家
但凡是带米字旁的字
都写不好
奶奶说爷爷小时候
吃不饱，饿怕了
看到米字就心慌

新龟兔赛跑

哨声响后
兔子像一只离弦的箭
向终点飞奔
而乌龟缩头缩尾傲气十足
仿佛算出兔子还会躺在
前方大树下
昏昏欲睡

很多时候
孩子们会活在寓言里
等待老师叫醒

盲　道

雪还在下
地毯式的挽留
露出寒潮最后的霸蛮
在盲道上一层一层堆积成
冰裂的积木

被大雪反复堆积的盲道哇
原本属于竹杖，属于白内障
属于良知的复苏
属于抵达内心的脚趾
而今只属于鹅毛迷路的阴郁
属于信念松动的狂泄
属于灵魂的蹑手蹑脚
属于光明的彷徨失措

阅　读

真正读醒自己的
是刑场上刮骨疗伤的婚礼
是古城抽芽吐穗的野火春风
是长满消息树的平原上
突然响起的枪声

真正读醒自己的
是《闪闪的红星》
是《红岩》《红日》《红旗谱》
是《红灯记》《红孩子》《红珊瑚》
是《红色娘子军》
一次次在我信仰的迷途
让执念回归真情

生　命

老矿山路交叉口
一只猫崽崽被电瓶车撞飞
血肉模糊的惨叫
唤来水塔旁觅食的猫妈
不顾下班拥挤的车流
猫妈把奄奄一息的猫崽
紧紧搂在怀里
千呼万唤的哀号
令路人瞬间泪崩

狗生狗疼
猫养猫亲
想起最近一段流行的抖音视频
如果可以换命
医院的 ICU 门口
一定排满流泪的母亲

青春无悔

那一年单兵冬训
我奉命在坑道潜伏
守着硅两瓦电台
整整两天两夜
只有一根蜡烛陪伴我
在千军万马的呼叫里
捕捉猎物
第一次体会到什么叫
影只形单

那是大西北的深夜
那是贺兰山的海拔
北风呼啸,大雪纷飞
我冻得浑身颤抖时
只剩下岳飞这件
《满江红》的风衣

母亲节

此刻夕阳红成脐带上的络血
摇篮曲一直挂在月亮的唇边
娘啊,今天是母亲节
天堂快递的康乃馨
是否遭遇您泪水的拦截

娘啊,您说过
从村姑到母亲到奶奶
生命就是一条流水线的妥协
所有的救赎都是杯盘狼藉
所有的努力都是柴米油盐

虚 掩

把缺点和伤痛藏起来的人
他的内心只剩下一把刀子
他在潜意识里埋好野心
时刻准备一剑封喉

他的两眼是一扇虚掩的门
眉宇是两排密布的苍松
每一次眨眼都是霜叶猩红的暗示
每一次对峙都是在记忆的
陷阱里刮骨疗伤

第四辑 生命哲思

郝茂军素描

摆下桃花酒
他便拦下我们这群
在春天赶路的人
他说不喝他酿的桃花酒
诗人们的浮华和虚伪
会让小青山的十万亩桃花
脸红

摆下桃花宴
他便用十里春风开门
他说他桃林里的大白鹅
是春天安装的小零件
他说那些桃花脸上的露水
一听到诗人提起海子
眼里便流出春暖花开的盐

摆下桃花阵
他便用输液的方式
把桃花交给文字

把桃花头顶上的星星
招募成意念的天兵
每天都坐拥十万亩
指点江山的憧憬

阅读的富裕

阅读的富裕
是让你不去嘲笑炊烟
它是你离饥饿
最近的手臂

不去嘲笑豹子的怒吼
它的饥饿是速度的杀手
不去嘲笑眼镜蛇抻长的脖子
它会抬高卢浮宫充血的墙壁

不去嘲笑狼的对视
它眼中发出的蓝光
会让饥饿和恐惧变成
一堆堆白骨

谢陈允平先生赠印

目光灼灼,几块顽石透过
鸡血的表层,虚构一场风雪
你用锋刃的刀口复活戈壁
仿佛要刻下大朵白云
为蓝天授信

刀尖挑碎骨骼的旨意
手臂颤出风沙的回音
你教我把血红的印泥
淬一把火,收入骨髓
从此我人生的留白
被风接住
被雪解密

听秦腔《劈山救母》

吼声入云
余音直顶电闪雷鸣
每一嗓子都让灵魂出窍
每一嗓子都吼出冲天血性

有人被吼穿耳膜
忘了泪水是灵魂的写意
有人掩面失声擦去滂沱泪雨
有人忍住咳嗽咽下一口豪气
有人学会用一块榆木疙瘩
拍醒漫天黄沙

花朵是唐诗里的女子

无论桃花杏花梨花
都是唐诗里的女子
都会在一场春雨里眉飞色舞
妖艳出一个又一个春天

这些曾经被崔护用爱情
偷偷注册过的女子
稍不留意就乱了平仄的辈分
让怀才不遇的秀才们日思夜想
让寝食不安的读书人把诗词歌赋
当成了终身修炼的内功

在桃花潭
我读过乘舟远行的李白
他满上一壶老酒
把好友汪伦的牵挂和不舍
连同一潭桃花一饮而尽
一醉就是千年

华阴老腔

一条梨园小道
逼向华山重峦叠嶂的天际
那是华阴老腔的声带

雄浑,高亢
每一吼都能吼出
人生精彩的布局
每一吼都能清空内心的恐惧

外乡人只带耳朵
当你被舞台上翻江倒海的老腔
惊出一身冷汗
那些死在记忆里的悲欢离合
又一次活了

霸王别姬

好歌是嗓子提炼的乡音
是破釜沉舟的伏笔
是瀑布修剪的绝句
是忘掉歌词时丢在楚河汉界
找不到江东的八千子弟

好歌是屠洪刚的小性子
让滴在剑上的血
告诉四面楚歌的故乡
远嫁他乡的虞姬
至今水土不服

高考季

高考季,我怕小区荷花池里的蛙声
再次惊扰到几家熬夜的孩子
便蹲在路灯下,严防死守
更担心哪家无常父母
忧戚地憧憬,并将一瓶
有毒的期待
倒进母爱的私欲里

多么心酸的守候
每晚拎着一包围棋子
与蛙声对弈,限制它
天性的呼吁
一粒粒投进去
天亮再一粒一粒捞上来
邻居们苦笑我菩萨心肠
爱得如此疼痛
我说我只想用现实版的格律
为俩孙女和小区里的孩子
保留一首有声的唐诗
和一阕游动的宋词

读书是走进一朵荷花的内心

读书是走进一朵荷花的内心
是在为深陷污泥的莲藕打抱不平
是借荷叶掀起的碧波阅读朱自清的《背影》
是在用词牌擦掉田螺身上
凌乱不堪的胎记

是在读菱花的民歌身段
是在读蒲草的九九归一
是在读蛙声里熟稔的乡音乡情
是在读白鹭寻食的金鸡独立

是在读豆娘蜻蜓点水般的抑郁
是在读叼鱼郎嘴里沉甸甸的腥气
是在读小蝌蚪烂掉尾巴的刻骨铭心
是在读莲子的清修和藕断丝连的归依

篱笆墙的影子

隔着金银花清癯攀爬的傲气
隔着蝼蛄偷吃南瓜纽的窃喜
隔着菜葫芦疯狂生长的爱情
隔着豆娘子逆光偷情的心虚

隔着蜗牛善解人意的触须
隔着蚂蚱熬夜充血的眼睛
隔着木耳菜挂满露珠的乡音
隔着鬼脸蜘蛛懊恼警惕的猜疑

隔着朝天椒红得发紫的血性
隔着虎甲虫不计后果的委屈
隔着秋葵风雅入骨的笔韵
隔着佛手瓜色彩斑斓的军礼

善　果

善是得道之人
潜心修炼的正果
当邪念无法隐身遐想的未知
所有的躁郁攀权附利
善便露出菩萨眼中的光

善知道火焰成功的前提
是让一切化为灰烬
知道笑里藏刀的人
会从容销毁脸上的证据
把心脏上的支架
变成匕首

用什么留住叛逆的春风

选择油菜花的金黄吧
它让蜂群最先爆发出金属的响声
让春天第一时间感受万箭穿心的虔诚

选择豆角攀爬的长裙吧
它毫无拘谨的表白让蝴蝶前簇后拥
让乍泄的春光淡定从容

选择爬山结茧的春蚕吧
它用灵魂叩问的方式
让人生领悟一片桑叶走入丝绸的沧桑过程

选择一棵白菜的虫洞吧
它死掉的底线是为了受难的昆虫
它活着的斑驳是人生的千疮百孔

中元节

用泪水打开这部受潮的词典
寻嶂山之南,六塘河西
一个像素很低
鲜有人气关注的碑林

上香,叩头,唠叨父母未尽的心愿
告诉二老在天堂
不要遥望人间的大海
因为大海里的鱼也正在
成群结队,赶往天堂

告诉父母天上的白云
每一朵都是娘为我
手工搓洗的衬衣
晾在乡愁相反的方向
让我的文字心神不宁
无法给老家回信

瓜蒌

味甘性寒,润肺化痰
凭借心肺复苏之绝技
练就一身利气宽胸之神功
在黄昏的咽喉要道
严防死守
大义灭亲
自带光芒

我庆幸我的故乡
有无数块瓜蒌种植基地
在金黄色的秋天
齐展展的一排排笑脸
邀我在生命的轮回里
坐下来,歇歇脚
并用肺腑之言柔润我
嗓子里的青衣

钓友汪三

来的时候,东方刚刚露出
鱼肚白,他喜欢这个比喻
喜欢一切带腥的词语
喜欢每一竿都能沉甸甸地
拎到翘嘴白鲢的凶猛

他知道不远处的丝网,地笼
来自欲望抛出的独门暗器
他憎恨人世间所有的赶尽杀绝
但这不代表他就善良
他用半瓶白酒调制出香喷喷的谷物打窝
想留住群游觅食的草鲲子
也用一把红虫当诱饵
对付红眼睛鳑鲏的抢食闹钩

他手中的钓竿越握越细
无法满足银鲫、鲤鱼、草鲩的食量
也常常被大青鱼的蹿劲挣断脱钩
像他优柔寡断的性情
对不起空空的鱼篓

唱诗班的孩子

唱诗班的孩子
我羡慕他们
拥有朗读者的高音
像天边婉转的云雀
声调里没有哭腔
嗓音里没有悲悯
每一寸目光都善解人意
每一次出场都竭尽全力
手捧干干净净的烛光
擦去自责和悔恨
掸掉光阴里的灰尘

辩　证

想想也是
人无非就是一堆皮肉
连着几根骨头

而那些生长在
皮肉之间的无骨之物
也无非就是
从一堆堆鲜花里开出的
思念

陶　罐

陶罐里的月光
青苔丰盛，蛙声清凉
小蝌蚪们在端午烂掉尾巴
逃离现场，我没有翅膀
把外婆家的西山墙当作画板
把外婆低矮灰暗的驼背
画成善解人意的佛光

突然间我就被山墙的
一窝土蜂感动了
轻盈柔软的耳语
叫醒窗花上的连年有鱼
有条不紊的忙碌
让爬上墙头的丝瓜花
蠢蠢欲动，曼妙无比
只剩下窗棂下的蛐蛐儿
把清凉的陶罐当作庙宇
躲在里面念经

屈　子

好多人都记住了您的《离骚》
记住您的路漫漫其修远兮
却不再上下求索

好多人都记住了您的披头散发
记住了您的纵身一跳
却忘记了你怀抱中的巨石

好多城市都在端午举行龙舟比赛
锣鼓喧天的呐喊
却找不到汨罗江的支流

马 灯

想起小时候的马灯
点亮半个村庄的桑林
那些蚂蚱知了蜻蜓
在时光的隧道里成群结队
穿梭成童心深处的皮影

马灯蹚过沟沟渠渠
柳条筐里常常蹦进小虾小鱼的鲜腥
昆虫们围着马灯盘旋
一不小心就变成了小青蛙的点心

如今好多人厌恶灯火通明
千方百计拒绝光的吸引
学着蛐蛐儿在月光下蠕动
用麻将来搓去生活压力

露水知道韭菜的苦

露水知道韭菜的苦
下午刚被割下一茬
夜里又偷偷长出脖子
等待早晨的镰刀

露水知道韭菜的苦
渗进泥土时
吻住叶茎颤抖的伤口
那些留在眉心上的露珠
匍匐成敦厚的韭黄
带着早市新鲜的吆喝
压弯外婆的驼背

哭

哭倒舞台的泪水叫皮影
哭醒长空的雁阵叫雷鸣
哭碎玻璃的伤口叫瓶颈
哭昏天地的号啕叫清明

哭干口袋的医保叫疾病
哭掉双眼的盲人叫阿炳
哭漏苍天的酸雨叫乌云
哭红晨曦的黑暗叫黎明

哭来饥饿的狼群叫报应
哭走受伤的蝴蝶叫和平

写 作

就是借修辞强大的动力
为膝盖跪醒的清明
开个光

就是用瞬息万变的笔尖
在司马迁的《史记》里
撒个谎

就是在乌云翻滚的天空
为奋力张开的翅膀
鼓个掌

就是让墓碑旁走失的草鞋
为即将塌陷的信仰
站个岗

就是用文字历练的火舌
为黑暗遁去的光芒
包个伤

就是为长津湖畔被冰雕刻的灵魂
能朝着祖国的方向
叫声娘

诗人小镇

这是一排排盖在《楚辞》里的公寓
它的上游是汨罗江
下游通往大堰河

这里只收留有温度的文字
山山水水一尘不染
当我的灵感七进厅堂
在大方伯里修行
才知道这里的每一片竹林
都深谙春江水暖的词牌套路
每一只蝴蝶
都熟悉黄四娘家的平仄陷阱
每一阵山风都是向导
每一条小溪都带着韵律
每一幢白墙灰瓦的宅邸
仿佛都收留过崔护
红杏出墙的冲动
让南来北往的燕子
沿途埋下春天的伏笔

有些石头

有些石头像鹰眼一样犀利
有些石头像花岗岩沉默不语
有些石头面对光芒的文字羞于抬头
有些石头胸有朝阳只争朝夕
有些石头一次次选择砸向狰狞的面孔
有些石头一旦开花便璀璨成星星
但无论有多少石头选择开花的命运
请不要让他们相聚
因为石头一旦相聚
就搂成了
纪念碑

填写履历

原谅我用比黑夜更黑的碳素笔
填写我流沙一样的曾经
填写我像山羊一样
顺着头羊的指令
把春天小路啃食干净
原谅我借你的怜悯
始终握着一根鞭子
在稿纸上抒情

原谅一页页华容道
原谅一行行九宫格
每年都对我的誓言
严肃认真地查巡

原谅我十八岁的军装
让我一生的旅途
灯火分明

兔年寄语

那些外出打工的兔子
你的窝边没有多余的青草
生存的危机已经
悄悄逼近你的庄园
你必须找准时机
在被枪口描出的风景里
多买两套房子

不要仰望天空
对雄鹰寄予厚望
你要防备它们的爪子
不要跟黄鼠狼比个子
它会在谨慎的黄昏
耗尽你的初心
不要去与乌龟比赛
它会让你输在寓言里
更不要轻易靠近一棵树
那么多不劳而获的眼睛
正在树下翘首张望

远离那些别有用心的传说
它们只会抓住你细小的尾巴
说事

万山红遍

请开启抖音模式
用红得发紫的狂妄
去拥抱霜花的围攻
请打开长卷画轴
让白云生处的腼腆
红出一生的高冷
请用璀璨夺目不屈不挠去
穿越满山虚掩的动词
让这一簇簇春望归来的仆人
用最后的积蓄
纵情出内心的自燃

戏说皮影

把晒干的羊皮
剪成人形
着上人色
配上人话
让人在羊的影子
里活成一只只
披着羊皮的
狼

刘唢呐

——故乡人物记忆之四

门牙掉了之后
舌头兜不住风
再也无法用嘴去堵住
生活的豁口
改吹笛子

但他没有想到
日子一下子
多出七八个窟窿
让他在手忙脚乱中
找不着调

小　满

这个季节言辞犀利
灌浆后的麦芒初露牙痕
饥饿丢下的青黄不接
让母亲在地头里卑躬屈膝
她的驼背省略了弯腰
是一把最顺手的镰

这个季节饥饿依旧铁青着脸
雷声和闪电
让母亲干瘪的内心惊恐
她挥动着手中的破草帽
与麦浪自言自语
仿佛在诉说自己
汗水流干的愧疚
亏欠土地一把盐

鹰

它的每一次俯冲都是子弹出膛
它锋利的爪子可以撕开飞奔的岩羊
它在呼啸中翻云覆雨
它用尖喙扑啄吞噬一切绝望

它无视阴谋的围攻与屠杀
它的翅膀只选择在神坛上翱翔
它让抽搐的灵魂找不到天国
它绝不容忍幽灵猛兽
在它的视野里剑拔弩张

写写爱情

能掏出肺腑的人
心都是一根晾衣绳
经得住四季风雨的揉搓晾晒
扛得起锅碗瓢盆的跳崖蹦极
把积攒一生的柔韧
留给阳光,留给憧憬
留给我孤独的文字
干干净净的抒情

知趣,知冷,知音
明智,明心,明理
知道黄昏的矮小
是在给星光让路
知道爱情只做减法
所有的幻象
都是多余……